KB195017

어스름이 먹을 갈 때

책 만 드 는 집
시인선 259

어스름이 먹을 갈 때

김수야 시조집

책만드는집

아직 이별을 고하지 못한

밤하늘에 잔별은 온몸이 시리다

따뜻한 빛을 물고 오는

봄을 기다리며…

2025년 3월
김수야

| 차례 |

1부   빈자리

2부 산그늘 돌아갈 무렵

3부 억새꽃 피워 물고

4부　어머니를 보내드리며

1부

빈자리

빈자리

마음도 못다 푼
상처로 남은 기척

일러준 적막 앞에 머문 듯 머금은 듯

별빛에 안부 전하며
수런대는 그 약속

고요를 깨운다

구름이 모였다가 사라지는 순간마다
풍경은 또 일어서서 산 하나 옮겨놓고
바람은 올이 풀린 채 아는 척을 안 하네

찰나의 시간에도 에굽은 길 돌아보며
눈물도 고명이라 서투른 화답인지
한나절 우는 뻐꾸기 고요를 깨우는가

언덕을 넘는 바람

너를 보내놓고
돌아서는 오늘 하루

언덕을 오르면서
바람이라 부른다

그랬다
그 속내마저
우리 서로 모른 채

어스름이 먹을 갈 때

허기진 봄같이 글썽한 눈물이다
속엣말 귀에 걸고 열 길 물속 건너
인연도 때가 되었나 마음을 당긴다

구름도 따라가다 울었다는 고갯마루
어스름 하루해도 약속처럼 지나가고
명치끝 걸린 노을이 산자락을 덮는다

골골마다 울음빛 어머니의 여윈 가슴
풀뿌리에 삭힌 정 그믐달에 걸리고
속울음 먼저 달려와 못다 한 말 하고 있다

이른 봄

바람이 불어와도 녹지 않는 잔설 위로
퍼질러 우는 가슴 산그늘에 내다 걸고
입김을 두 손에 모아 마음을 녹일 때

저마다 여는 길목 말끝에서 피어난다
벼랑 끝 절뚝이며 새 울음도 따라오고
기다린 손끝에서는 봄이 엉겨 붙는다

촌로村老

오월의 무논 속에 몸일랑 가둬두고
희멀건 해그림자 빈 하늘 더듬으며
저물녘 고단한 시간 소금꽃 핀 베적삼

걸어온 밭둑길에 얼룩진 발자국이
긴 세월 낙관인 양 딱지로 앉은 상처
말갛게 흘러간 시간 호미처럼 굽은 허리

한겨울

눈바람 코끝에서
새벽이 찾아왔다

세상은 온통 세상은
어디로 사라지고

경운기 목쉰 소리가
마을 어귀 찢고 간다

마음 저울

떠난 듯 멈춰 있는 기억을 베껴본다

깊어진 그림자 허리춤에 매달고는

비탈길 남은 여백을 달빛이 읽어낸다

오늘을 받아내는 마음 한 뭉치는

바람의 부력으로 새벽을 몰고 왔다

저울에 올려진 두 추 흔들리다 서 있고

가을 소리

뜨겁게 달군 바위 이슬이 감싸안네

식은땀 흘린 바닥 홑이불 끌어 덮고

귀뚜리 풀잎에 앉아
가을 한 잎 끄는 소리

노을을 읽다

그 누가 배웅하는 손짓이 소란하다
갈매기 섬찟 놀라 어디로 날아가고
핸드폰 바탕 화면에 섬들이 숨어 있다

왔다가 가는 것이 반복된 일이지만
파도에 불이 붙어 뜨겁게 타오르면
간절한 함성 소리가 저리 붉어 서럽다

신발

가풀막
오름길이
뜻대로 안 풀린다

삶의 무게
더할수록
잔자갈 파고들어

구멍 난
마음 갈피를
가시 쿡쿡 찌른다

겨울 강가에서

무던히도 참았다
서러운 바람 앞에
야윈 속살 드러내고 여린 강 울먹이며
기억을 흔들어놓은 까마귀 떼 먹먹하다

기다림에 지친 백로
홀연히 날아가고
발길도 저물어서 하루해 넘는 시간
가진 것 다 내려놓고 소리 없이 가는 강물

한로 寒露

무릎 덮는
낙엽 길
묻 서리 내리고
어둠 비낀
새벽달
빈 숲에 앉았다

누구를
기다리는가
손끝이 저리 찬데

노모

천 리 길 다녀왔을 고단한 바람에도

새벽안개 걸음으로 수굿이 따라오며

남은 길 뒤돌아보다 그래 맞아 그렇지

이름값도 못하면서 어정댈 틈도 없다

촘촘한 행간에 하고픈 말 걸어놓고

나 혼자 꿈에 적시며 나머지 셈을 한다

막걸리 바람

잔 없는
잔을 들고
모두가 취해 있다

바람도
없는 바람
파도가 일어나고

한 소절
노랫가락이
막힌 가슴 풀어준다

2부

산그늘 돌아갈 무렵

산그늘 돌아갈 무렵

경계를 허무는 출렁다리 난간에서
시간을 훔치다가 바람에 걸린 채
속으로 우는 달빛이 발자취 더듬는다

언 가슴 밑바닥에 퍼석했던 한 생도
보채듯 서두르는 파도에 밀리다가
가지 끝 매달린 슬픔 곱씹고 되씹으며

웅숭깊은 고요와 온밤을 적신다
나날이 버거운 하루라는 그 하루
목젖을 오르내리며 한 말씀 움켜쥔다

가을 엽서

늦가을 햇살 한 줌 시간을 덜어주니

단풍잎 황혼길에 화답하듯 돌아본다

다 끝난 시절 인연도 말없이 배웅하고

길 잃은 낙엽 몇 장 건널목 건너가서

인도를 넘지 못해 온몸으로 뒤척이다

서산을 더듬는 그늘 발걸음이 벅차다

어머니 홀로

색이 바랜 세월을 물끄러미 바라본다

못다 푼 그 속내 꺼이꺼이 토해놓고

세상 끝 마음 한 장을 천수경이 읽는다

때도 없이 애가 타는 바람의 언덕에는

피고 지는 저 꽃도 어머니를 닮았다

가만히 들여다보니 겹겹이 울음이다

징검다리

물살을 품었다가
감았다가 잃어버린

음절을 찾다 말고 돌아서는 시인은

듬직한 섬돌 가슴에
종장을 쓰고 있다

고향집

넝쿨이 가로막힌 오솔길을 헤쳐 간다

마당에 들어서자 강아지풀 꼬리 치고

손 뻗어 끌어안으며 대추나무 다가온다

눅눅한 부뚜막 옆 널브러진 장작개비

무쇠솥 아궁이엔 고구마 익어가고

살가운 엄마 손길에 눈물 흘리는 솥뚜껑

씀바귀

양지바른 언덕배기
길 둑을 부여잡고
살짝 내민 머리 위로 바람만 지나간다
찬 바람 아리는 숨결 꾹꾹 눌러 담으며

온몸을 숨죽이며
멀미 같은 불안함에
창창한 앞길에다 쓸어내는 짙은 안개
몇 번을 허우적거려야 바로 설 수 있을까

내 잠시 혀끝으로
말아 쥐는 한마디를
질곡의 짙은 숲속 메아리로 남겨두고
하늘을 날아갈 꽃씨 앙가슴에 품고 있다

봄 내음

1
밥상에 차려낸 봄 쑥 내음 향긋하다
어머니 평소처럼 다독이던 말씀이
달그락 숟가락 듬뿍 목이 메어옵니다

2
꿈결 속 꽃잎처럼 달달한 꿈을 물고
담장 너머 환하게 웃고 있는 딸아이
그 속내 어찌 알았나 품 안으로 당긴다

일기장을 들추다
- 화산댁

뻐꾸기 울음 끝에 허기를 껴입는다
허리끈 졸라매고 등짐을 치켜가며
아려서 한으로 남은 누룽지를 긁던 날

담벼락 기댄 매화 환하게 웃고 서서
할머니 치맛자락 보리밭을 맨다고
꽃잎이 팔랑거리는 일기장에 써 있다

냉이

보리밭 휘저으며
능청스레 웃고 있다

햇볕에 무리 지어
나 몰라라 앉았다

저마다
울대 세우고
소리 한판 트고 있다

택견이란 이름으로

서둘러 내친걸음 빗장을 당겨본다
하얀 억새 여기저기 바람에 몰려오고
너와 나 마음밭에는 웃음꽃이 활짝 핀다

이크 에크 소리에 들숨 날숨 일렁이고
한 자락 하늘가엔 산새도 따라 나와
단번에 호흡을 맞춰 정답게 화답한다

온몸의 세포가 일어나는 순간순간
푸른 날로 돌아가듯 굼실 능청 춤을 추고
쑤시던 뼈 언저리는 봄을 물고 돌아온다

겨울 산

칼바람 에워싸는
새벽을 물고 와서

돌아선 먹장구름 이고 선 산마루에

긴 생을
내어준 채로
밟혀온 길과 길

시 쓰는 밤

흙 끌고 가는 발길 질척한 늪이구나

씨 뿌려 물을 줘도 새싹은 안 보이고

벽시계 행과 행 사이 뚜벅뚜벅 가고 있다

자욱한 미세먼지 눈앞에 아른거려

자르고 덧대가며 한 자 한 자 꿰맨 자리

새벽녘 이슬에 젖어 시 한 수 건져냈다

처서 무렵

뙤약볕 가쁜 숨도
때가 되니 기가 죽고

부르면 들릴 듯이 화답하는 방아깨비

철이 든
풀벌레 소리도
별빛 타고 흐르네

어머니 눈빛

어머니 눈빛이 창문 밖에 걸려 있다

아들딸 손주 녀석 물끄러미 바라보다

뚝 떨군 이슬방울이 샛별처럼 반짝인다

간이역 없는 생애 속절없이 굴러간다

햇볕도 멈춰 서서 들지 못한 요양원에

철 지난 아우성들이 메아리로 울린다

여유가 좋다

안기는 물소리
하늘을 씻어놓고

산비탈 햇살은 온몸으로 익는다

내 안의
군더더기도
이쯤에서 물러간다

3부

억새꽃 피워 물고

억새꽃 피워 물고

다그치듯 달아나는 바람으로 살다가
한시름 수만 갈래 뒤척이다 깨어나면
햇볕은 또 들다 말고 언덕배기 앉아 있다

단풍은 철이 일러 찾는 길손 뜸한데
우연한 인연처럼 불어나는 고요 한 짐
그날이 그날을 업고 가을을 쓰고 있다

자화상

뭉클한 가슴 한켠 별빛이 스며든다

지나간 일 따윈 아무렇지도 않은 척

지금도 빗소리 한 폭 여운처럼 남아서

귓가엔 초침 소리 하소연 길어지고

무엇이 두려운가 물어보지 못한 말

대답할 길을 몰라서 두 눈 질끈 감는다

비는 내리고

가만가만 말없이
마음속에 고이는

눈물 같은 빗물이
쏟아지는 시린 날엔

슬픔이
잠긴 물빛도
허물 한껏 덮는다

야생화

뒤덮인 고요 속에 바람조차 숨이 멎는
길 따라 걸음 멈춘 한 무더기 야생화
손길이 닿지 않아도 인연 또한 깊은지

안부 같은 반가움 산자락 물들이네
잠결 같은 는개 속을 솟구쳐 날아간 새
넘나든 메아리 따라 꽃망울도 터진다

보경사 지나며

다짜고짜 물어본다 내 마음 알고 있나

자그마치 사십 년 전 내가 왔다가 갔는 줄

넘어져 허우적거린 바위를 바라본다

등 돌린 회오리바람 횡하니 도망가고

세월도 인연일까 흐르는 물길 따라

돌부처 경 외는 소리 귀가 환히 열린다

입동

단풍도 저무는가 그리움 솔깃한데
뒤돌아보는 자리 모난 세월 깔아놓고
남루한 옛 기억들은 나이테를 감는다

끝나기 전 끝내야 할 채비를 서두르고
골목길 들어서면 익숙한 저녁 냄새
못다 한 이야기들은 허기를 껴입는다

시간꽃

일흔 고개 넘고 넘어 아흔 고개 들어서서
쟁쟁한 달빛 멀리 잃어버린 궤적 앞에
아직도 줄 것이 있나 눈꺼풀이 무겁다

아린 손끝 마디마디 시름 삭혀 피던 꽃
너 없이 못 산다는 휠체어가 효자구나
바람도 잡을 수 없는 시간의 바람 앞에

깃털만 한 남은 온기 배웅하는 에움길에
가다가 돌아보고 보고 또 돌아보고
스르르 감기는 눈에 아린 정이 걸려 있다

한 뼘 희망

긴 시간 짐수레가 아직도 버거운지
수축한 바람 한 줄 콧줄에 매달고
한 뼘도 큰 절벽인 양 새가슴이 되었네

털어낼 기억조차 힘겨워 내버렸나
희망은 부르면 뒤돌아도 본다는데
엄마야 내 목소리만 창 너머로 흩어지네

매서운 바람 뚫고 걸어온 길가에는
육 남매 사랑만이 등불로 남아 있네
꼭 한번 되돌아가서 꽃피울 수 있을까

뒤안길에서

풀어놓은 세월의 끈 황혼에 물이 든다

아무리 매달려도 잡지 못한 뒤안길에

차디찬 무딘 바람이 끌어안은 그림자

누구의 울음인가 그 하루 목에 걸고

또 누가 오고 가나 빠듯한 생의 행간

자욱한 안개 너머로 날개 접는 물오리

폭포

갈기 세운 겹겹 파문
쓰나미로 밀려온다

울음 젖는 절벽 바위
굳은살이 다 깎여도

덜 아문 상처를 딛고
하얀 꽃대 올린다

오늘

향기도 차고 넘친 찻잔이 마주치면

겹겹이 쌓인 정이 봄볕으로 녹아나고

남몰래 새겨놓았던 그날 같은 오늘

탁자 위에서

꽃향기 어울리는 차 한 잔 앞에 두고
내 허물 모르고 남의 허물 내놓으며
오래된 친구와 앉아 수다꽃 피운다

호리한 백자 화병 안개꽃 붉은 장미
잘난 체 오가는 말 콧방귀로 눌러둔 채
창밖에 찾아온 손님 열사흘 초승달이

별 뒤에 숨어서 빼꼼히 내다본다
말랑한 기억들이 말 속에서 번지고
부대낀 퇴근 골목은 시드는 꽃잎이다

폭염

물 끓듯 끓는 골목 호흡이 가파르다

갈증에 시달리는 흰 무리 잡초들

뙤약볕 묵언 정진 중 절집 한 채 뜨겁다

무게 따라 휘청거린 고요 속에 피는 열기

끓어오른 일상처럼 목 놓아 우는 매미

태양도 지칠라치면 눈물 고여 빗물 될까

세월 그물

눈시울 붉게 젖는 집어등 등에 업고

그물에 걸린 바람 바닷물에 버무린다

난바다 비바람 속은 생의 중심 흔들고

한 세월 자맥질로 구석구석 짚어가며

만선의 꿈을 깁고 항해하는 행렬 따라

사무친 생의 한 굽이 열 길 물속 더듬는다

빈 달력 3

설렁한 안방 벽은 윗도리를 입고 있다

초봄에 피던 꽃이 늦가을에 다 지고

지나온 걸음걸이가 백지처럼 가볍다

4부
어머니를 보내드리며

해 뚝 떨어지다

가슴이 떨구어낸 눈물은 진득하다

누구나 그렇게 어머니를 보냈을까 구름 떼가 몰려오고
산마저 무너진 후 아무런 준비 없이 바람 앞에 주저앉아
소나무 닮은 어머니 늪에 빠져 지켜보네

이별은 책갈피 속에 숨겨놓은 저녁노을

눈물꽃

가녀린 울음 한 올 살갑게 돌돌 말아

인연도 강을 넘어 꽃길을 걸으시네

그리움 긴 여정 앞에 하루를 끓이시다

삶의 행간 뒤척이며 어디쯤 닿았을까요

말들을 퍼 날라도 메아리만 돌아오고

두고 간 정다운 말씀 꿈결마다 들려요

단비 같은 어머니

말 못 할 마음까지 녹여낼 때가 있다

보내는 그리움에 하루가 숨어 있어 시들해진 무렵이면
철새 떼 날아가고 아직도 남은 온기가 엄마를 부른다, 내
걸음 당신 곁에 두근두근 다가가서

신필연 어머니 이름 목청껏 불러봅니다

스며든다는 것

허물 벗은 하루해 노을로 젖어 들면

어머니의 향기가 바람에 실려 오고

설레임 곁가지마다 매달리는 추억들

달빛마저 어둡다

세월도 가팔라서 고갯길 같았는가

모든 것 받아주던 새벽녘 그믐달은

작별의 울음마저도 훔치고야 말았다

심장을 파고든 온기는 참 따스했네

아흔넷 신분증과 묵은 주소 모두 잃고

반딧불 모은 심지에 기억의 불 지핀다

산 너머

산 너머 밤길 따라 이슬로 떠나셨네

시간의 그늘에서 삶을 쪼개볼 때 풀어진 인연의 끈 노을빛 따라 저물었다 고요의 면적처럼 가슴 넓은 어머니 짧은 해 물고 있는 한겨울 오후 세 시 언덕에 앉은 바람 걸음 따라 찾는 기억

치매 십 년 콧줄 삼 년 옴짝달싹 못 하고 끝내 한마디 내려놓지 못한 어머니 동동거린 발걸음 눈물로 옹이 져서 때로는 들켜버린 아픈 날들 그 고통 그 시간 지우지 못한 불효 이제는 용서하고 꽃자리 펼치세요 따뜻한 품 안에서 육 남매는 꽃피웠습니다

고맙고 사랑합니다 보고 싶은 어머니

마음을 버무린다

마중하듯 나선 길목 돌아보니 순간이다

자식들 자주 모여 정붙이고 살라며

아마도 긴 시간 동안 우리 곁에 계셨구나

오래 남는 향기는 그리움 때문일까

묵은지 뚝배기처럼 무던히도 정이 깊은

형제는 꿀벌이 되어 마음을 버무린다

애틋한 자취 더듬은

보름달 숨긴 뒷산 아버지 잔등 같은

그늘 깊은 그 향기 뭉근히 데우고 싶은

예전엔
몰랐습니다
퍼내도 차오른 정

녹슬지 않는

떨어진 시간 앞에 쓸쓸한 노을 당겨

추억을 불러놓고 아기자기 풀어보는

장모님 그리는 마음 알뜰 사위 있습니다

다시 봄

겨우살이 다 걷어낸 민둥산 외길을 가네

초롱초롱 뜨는 눈빛 휘감는 치맛자락

얼었던 어머니 마음
젖은 생각 녹인다

시간

물살이 물살을 타고 쉼 없이 흘러간다

제 살 깎아 공양하는 물길은 다정하지

초저녁
잠결 속에서
별을 따는 시간 여행

숨기고 싶은 허물 하늘 볼까 가부좌로

묵은 때 벗겨내듯 전잎 지운 꽃대궁에

언제쯤
꽃 피는 날이
다시 올까 궁금해

태풍

긴장의 순간들이 화면으로 빨려 든다

모르는 세상 물정 들이닥친 바람들이

한순간 쓸어버리고 쑥밭 만 평 일궈놨다

잡히지 않는 몸짓 어쩌나 이 사태를

속으로 타는 불길 불면으로 헤매다가

우리 집 대들보 한 마리 눈빛을 주고 있다

가뭄

하늘은 알고도 모른 척 말이 없고

열기 속 숨 가쁨 잠꼬대하는 비야

무겁게 드리운 하늘
지나치듯 슬몃 본다

언제쯤 올 거니 눈물 같은 비야

외롭고도 더딘 시간 보일 듯 달려올 듯

속마음 아랑곳없이
먹물만 번져간다

엉겅퀴

햇살이 놀다 가는 긴 밭둑 어귀에서
추위에 영혼이 허옇게 말라가도
깊숙이 뿌리 내린 채 하루해 지고 있다

너를 생각하면 없어도 있는 듯한
오랜 시간 달여내는 은은한 향기까지
잡음이 끼어들어도 뚝심으로 걸러낸다

빈 들녘

이대로 어정대다 못 서리 다 맞겠다

잘린 밑동 하루해가 햇살을 더듬고

긴 고요 바람의 말귀는 읽어내지 못한 채

이별의 힘이 쌓아 올리는 적공積功의 깊이

정용국 시조시인·한국시조시인협회 이사장

1. 들어가며

시조 전문지인《시조시학》을 통하여 2018년에 등단한 김수야는 이듬해에 바로 첫 시조집 『필름이 말을 걸 때』를 출간하며 문학에 정진해 온 시간이 만만치 않았다는 사실을 시조단에 알렸다. '시인의 말'을 통하여 "촛불이 흔들리는 적막 앞에 저물어 가는 어머니의 삶과 마주 앉아 먼산바라기 하는 동안 긍정의 힘을 얻었습니다"라고 밝히며 현실을 딛고 일어서려는 강한 의지를 표출하였다. 이는 신인으로서 보여줄 수 있는 적극적인 자세였으며 세상을 관조하려는 경륜까지 독자에게 알려주는 중요한 의지 표명이었다. 이러한 시인의 자세를 읽어낸

이지엽 시인은 시집 해설에서 '애절함과 유연함으로 형상화한 자아성찰의 결곡성'이라는 제목을 붙여 저자의 속내를 응원해 주었다. 그러나 "저물어 가는 어머니"를 보며 "긍정의 힘"을 받아 들려고 무진 애를 썼던 딸을 두고 어머니는 세상과 이별을 고했다. 이제 시인은 사랑의 대상이 떠난 세상에 혼자 남아서 남은 삶을 영위해야 하는 새로운 국면을 맞이하게 되었다. 두 번째 시조집『어스름이 먹을 갈 때』는 바로 이별을 맞아 이를 이겨내고 새롭게 세상과 사물을 접하는 슬기로운 시안이 담긴 성찰이라고 할 수 있다. "아직 이별을 고하지 못한/ 밤하늘에 잔별은 온몸이 시리다// 따뜻한 빛을 물고 오는/ 봄을 기다리며"('시인의 말') 김수야가 전하는 회억回憶을 펼쳐보기로 한다.

2. 수묵으로 피어나는 상처의 향기

인간의 생애는 작고 큰 인연으로 가득하다. 부모의 인연으로 세상에 태어나는 순간부터 새로운 부자의 인연이 시작되며 가정과 사회의 일원으로 성장하고 맡은 바 역할을 수행하면서 보다 더 확산된 관계를 엮어나가게 마련이다. 그러나 사람의 운명을 자신이 개척해 나간다고 하는 말은 극히 일부에 한하며 세상에 태어났을 때에는 이미 중요한 결정이 다 정해진 이후라 할 수 있다. 성별은 물론이고 가정과 사회적 환경도 자신의 의지를 반영할 수 없는 상황이기 때문에 이것을 '운명'이라고 하는지도 모르겠다. 인생의 모든 결정 요소 중에 가장 중요한 것은 '어머니'의 역할이다. 어머니는 '나'를 회임하여 낳고 길러 주는 가장 핵심적인 인물이며 '나'의 목숨과 성장은 물론 인생 전반에 제일 중요한 영향력을 미치는 객체이다. 그러므로 '나'에게 제일 중요한 사람은 어머니이며 부모와 자식이라는 관계는 모든 것을 뛰어넘는 애틋한 사이라고 볼 수 있다. 그러나 사람의 생명은 유한하고 이 둘의 관계도 결국은 이별이라는 운명을 맞이할 수밖에 없다. 만해의 시처럼 "만날 때에 미리 떠날 것을 염려하고 경계하지 아니한 것은 아니지만" 누구나 어머니와 이별해야 한다는 것은 '하늘이 무너지는' 일처럼 모든 슬픔의 원천 중에 가장 극한의 일이 되는 것이다.

불교에서 말하는 인간의 고통에는 태어나서 사라지기까지의 과정인 생로병사와 더불어 팔고八苦가 있는데 그중에 하나가 애별리고愛別離苦이다. 이는 사랑하는 사람과 헤어지는 고통을 말하며 그중에서도 가장 큰 고통이 바로 어머니와의 이별이라고 생각한다. 이러한 과정은 누구나 겪는 당연한 일이며 자연에 순응하며 살아야 하는 인간의 숙명인 것이다. 그러나 이러한 자연의 순환을 통하여 인간은 한계를 인정하고 순간에 적응하여 고난을 극복하며 살아가는 방도를 강구하게 되었다. 앞서 인용한 만해의 의지를 다시 호명한다면 "이별은 뜻밖의 일이 되고 놀란 가슴은 새로운 슬픔에 터집니다. / 그러나 이별을 쓸데없는 눈물의 원천을 만들고 마는 것은 스스로 사랑을 깨치는 것인 줄 아는 까닭에 걷잡을 수 없는 슬픔의 힘을 옮겨서 새 희망의 정수박이에 들어부었습니다"라는 극복 의지로 전환되어 새롭고 강렬한 추진력을 얻게 된다. 김수야의 작품 여러 곳에도 "눈물의 원천"을 극복하고 삶에 집중하려는 강한 의지가 서려 있다.

　　허기진 봄같이 글썽한 눈물이다
　　속엣말 귀에 걸고 열 길 물속 건너
　　인연도 때가 되었나 마음을 당긴다

　　구름도 따라가다 울었다는 고갯마루
　　어스름 하루해도 약속처럼 지나가고
　　명치끝 걸린 노을이 산자락을 덮는다

　　골골마다 울음빛 어머니의 여윈 가슴
　　풀뿌리에 삭힌 정 그믐달에 걸리고
　　속울음 먼저 달려와 못다 한 말 하고 있다
　　　－「어스름이 먹을 갈 때」 전문

한지에 먹을 듬뿍 묻혀 굵은 획으로 마치 매화 등걸의 굽은 가지를 꾹꾹 눌러 펼친 듯한 그림 한 폭을 떠올리게 한다. 색채를 쓰지 않는 수묵화는 더욱 농담에 예민해지고 깊이를 배가하게 마련이다. 외려 색채의 화려함을 피하고 요란스럽지 않은 침묵의 그림은 인간의 내면을 우러나게 하는 오묘한 맛을 간직한다. 깊은 슬픔을 떨쳐낸 담백한 자태와 가지런한 얼굴은 수묵의 한 폭과 비견될 수 있겠다. 화자는 어머니를 보내고 혹한의 겨울에 황량한 벌판에 외롭게 서 있다. 그러나 홀로 다가오는 봄을 마주하려니 "허기진 봄같이 글썽한 눈물"이 앞을 가린다. 어머니와 주고받았던 다정한 말과 아니면 질책의 언어조차도 "열 길 물속 건너"면 곰삭아 가라앉은 차분한 앙금으로 드러날 것이다. 죄책감으로 견뎌내는 하루하루가 버겁고 힘들어서 "어스름 하루해"가 지는 저녁답에는 "명치끝 걸린 노을"도 가슴에 저려올 것이다. 생전에 다하지 못한 온갖 후회가 떠오르고 그래서 "골골마다 울음빛 어머니의 여읜 가슴"을 부둥켜안고 며칠씩 구렁 속으로 가라앉는 날들도 많아진다. 시인이 표제작으로 선정한 위 작품에는 솔직한 심정이 그대로 담겨 있다. 슬픔의 감정이 가라앉고 평상심을 되찾으려면 생각보다 많은 시간이 지나야 하는 것이 슬픔의 습성이다. "어스름"으로 표현한 마음의 갈피에는 어머니와 나누었던 온갖 삶이 버무려져서 벼루 위에 "먹"으로 현신할 수도 있다. 그리하여 조금씩 한지의 화폭 위에 "속울음"으로 "먼저 달려"오면 '그래 모든 일이 잘될 테니 걱정 말거라'며 등을 두드려주실 어머니의 따뜻한 손이 어깨 위에 느껴지리라. 상처는 정신에 저항력을 길러주고 더욱 담대해지고 포용하라고 일러준다. 그렇게 조금씩 튼튼해진 마음은 한층 더 자라나서 인생의 여유와 감칠맛을 선사하는 보약이 되는 것이다.

3. 질곡에서도 꽃은 피고

삶에는 달콤하고 즐거운 일만 찾아오지 않는다. 작은 언덕을 넘으면 더 큰 고개가 기다리고 있으며 작은 내를 건너고 나면 큰 강이 길을 가로막는다. 부모와의 이별이 지나가면 가정에 새로운 생명이 찾아오기도 할 것이니 늘 고통과 기쁨은 교차하고 뒤섞여 오는 게 삶의 이치이다. 그래서 깊은 질곡은 다시 각성으로 피어나고 대척점에 놓였던 극한의 정서도 시간과 용서의 힘으로 상생의 길을 마련하게 된다.

양지바른 언덕배기
길 둑을 부여잡고
살짝 내민 머리 위로 바람만 지나간다

찬 바람 아리는 숨결 꾹꾹 눌러 담으며

온몸을 숨죽이며
멀미 같은 불안함에
창창한 앞길에다 쓸어내는 짙은 안개
몇 번을 허우적거려야 바로 설 수 있을까

내 잠시 혀끝으로
말아 쥐는 한마디를
질곡의 짙은 숲속 메아리로 남겨두고
하늘을 날아갈 꽃씨 앙가슴에 품고 있다
　―「씀바귀」전문

　언뜻 보기에는 "양지바른 언덕배기"에 뿌리를 내려 무탈한
상태에 놓인 것으로 보이는 "씀바귀"에게도 '찬 바람', '멀미',
'안개', '질곡'들이 아무렇지도 않게 들이닥치는 것이 일상이
다. "온몸을 숨죽"여야 할 때도 많고 "몇 번을 허우적거려야 바
로 설 수 있"는 것이 보통의 삶이다. 그러나 어머니와의 이별을
딛고 고통 너머의 삶에 다다를 수 있는 것과 같이 '씀바귀'의 한
살이도 온갖 "불안함"을 딛고 일어서서 비를 맞고 바람을 견디
며 햇볕을 견뎌내면 "하늘을 날아갈 꽃씨"는 여물어간다. 시인

이 여러 풀 중에 씀바귀의 이야기를 선택한 배면에는 씀바귀라는 풀의 속성을 풀어내기 위한 저의가 깊게 깔려 있다. 많은 풀이 식용으로 반찬에 쓰인다. 달콤하고 배릿한 향으로 입맛을 사로잡는 약초도 많지만 씀바귀는 이름처럼 써서, 먹기에도 버거운 재료이다. 씀바귀는 쌉싸래한 맛 때문에 먹는데 쓴맛이 오히려 입맛을 당기는 핵심 경쟁력이라서 어린 사람은 그 쓴맛의 진가를 잘 깨닫지 못한다. 하지만 나이가 들면 씀바귀의 참맛을 즐길 수 있으니 마치 산전수전을 다 겪어본 후에야 인생이 무엇인지를 알 수 있는 것과 같은 깊은 이야기가 담겨 있는 풀이다. 쓴맛을 견디며 먹는 씀바귀는 그래서 여름의 더위를 이겨내게 하고 정신을 안정시키는 효과가 있다고 하니 "앙가슴"에 꽃씨를 품고 있는 작은 꽃이 어찌 예쁘게 보이지 않을 것인가. 작품을 잘 읽어낸 독자에게는 새봄에 씀바귀 뿌리를 무쳐낸 나물이 다디달 것이다.

눈시울 붉게 젖는 집어등 등에 업고

그물에 걸린 바람 바닷물에 버무린다

난바다 비바람 속은 생의 중심 흔들고

한 세월 자맥질로 구석구석 짚어가며

만선의 꿈을 깁고 항해하는 행렬 따라

사무친 생의 한 굽이 열 길 물속 더듬는다
－「세월 그물」전문

　'그물'은 세상에 존재하는 모든 규범을 일컫는다. 사람이 사회생활을 원만하게 영위하기 위해서 만든 이 규범은 결국 스스로를 엮어 넣는 틀이 되고 만 것이다. 그래서 '그물에 걸리지 않는 자유로운 영혼'은 초월의 이미지를 나타내는 추상적 개념이 되었다. 인간이 살아가는 최소 범위인 가정에서부터 학교는 물론이고 더 넓은 조직에는 얼마나 많은 규칙과 금기 사항이 촘촘하게 펼쳐져 있는지 누구나 감지할 수 있다. 또한 "세월 그물"도 인간이 뿌리칠 수 없는 시간의 흐름이다. "난바다 비바람 속"도 위험을 감수하고 들어가야 하며 "한 세월 자맥질로" 어지럽다 할지라도 "만선의 꿈"을 위해서는 용기를 내어 가야 한다. 그래야 "사무친 생의 한 굽이"도 힘차게 건너가고 "생의 중심"이 흔들려도 신발 끈을 조여가며 헤쳐나갈 수 있다. '세월'과 '그물'은 어느 누구도 피해 갈 수 없는 불가항력의 틀이다.

4. 휘청거리며 자라는 생명의 힘

인간은 수많은 난관을 딛고 성장한다. 생의 도정에서 만나는 사람과 사건들이 내게 우호적이고 긍정으로만 다가오지 않는다. 가장 우호적 집단인 가정 안에서조차 의견이 달라서 부딪치고 갈등 때문에 반목할 수도 있다. 성장하면서 점차 넓은 사회로 진출하면 더욱 높고 강력한 벽을 만나며 마찰이 있을 때 상처를 입거나 절망의 늪에 빠지기도 한다. 그러나 나의 의견을 상대방에게 관철하고 상대의 뜻도 존중으로 수렴하며 갈등을 얼마나 슬기롭게 조율하여 화합할 수 있느냐는 중요한 능력으로 인정받게 될 것이다. 개인이 사회활동을 하면서 발생하는 대립은 피할 수 없는 과정이며 잘 극복하는 순간에 더 높고 깊은 포용력과 이해심을 갖추는 높은 수준의 인간으로 발전하게 된다. 나의 성장과 발전을 저해하고 고통을 주는 객체와 상대방을 폭넓은 마음으로 이해하고 견뎌내는 것은 삶의 필수 조건이라 할 수 있다. 작은 생물이 살아가기 위해서도 여러 자연환경은 물론이고 천적과 인간의 공격을 감수하는데 하물며 인간이 조우하게 되는 것들이야 더욱 견고하여 해결하기 어려운 것이 분명한 사실이다.

물 끓듯 끓는 골목 호흡이 가파르다

갈증에 시달리는 흰 무리 잡초들

뙤약볕 묵언 정진 중 절집 한 채 뜨겁다

무게 따라 휘청거린 고요 속에 피는 열기

끓어오른 일상처럼 목 놓아 우는 매미

태양도 지칠라치면 눈물 고여 빗물 될까
-「폭염」 전문

　모든 생명체에게 혹한만 힘든 것이 아니다. 한반도에 뿌리를
내리고 살아가는 식물에서부터 작은 동물과 인간에 이르는 생
명체들은 긴 겨울을 무사히 건너기 위해 부단히 노력해야 하며
짧은 생장기를 최선을 다해 활발하게 농작물을 가꾸지 않으면
목숨을 부지하기 어렵다. 그 결과 혹한을 견디고 폭염을 이겨
내는 자연에 최적화된 생명들이 발현하였다. 혹한뿐만 아니라
체온을 웃도는 더위와 가뭄도 심각하고 버거운 고통으로 다가
온다. "묵언 정진 중 절집 한 채"는 화자의 상태와 다를 바 없다.
"갈증"과 "뙤약볕"은 피할 수 없는 난관이고 "눈물"을 딛고 건너

가야 하는 인고의 과정으로 그려내고 있다. 삶의 엄청난 "무게 따라 휘청거린 고요"에는 말로 표현할 수 없는 삶의 애환이 숨겨져 있다. 이러한 상황은 다른 작품 「엉겅퀴」에서도 "추위에 영혼이 허옇게 말라가도/ 깊숙이 뿌리 내린 채 하루해 지고 있다"라며 생명을 어렵게 꾸려가는 '엉겅퀴'의 삶을 통해 그려내고 있으며 「입동」에서는 "골목길 들어서면 익숙한 저녁 냄새/ 못다 한 이야기들은 허기를 껴입는다"라는 구절로 담담하게 담아내고 있는 모습이 보인다.

5. 되돌릴 수 없는 시간도 마음에 잡아두고

이별의 아픔은 과거를 호명하지만 흘러가는 시간은 상처를 치유한다. 이 두 흐름은 망각과 상상을 통하여 서로 보완하고 위로하며 상생의 손길을 주고받게 된다. 「봄 내음」을 읽다 보면 "어머니 평소처럼 다독이던 말씀이/ 달그락 숟가락 듬뿍 목이 메어"올 만큼 과거는 아리게 다가오지만 "담장 너머 환하게 웃고 있는 딸아이/ 그 속내 어찌 알았나 품 안으로 당긴다"라며 화자를 중심으로 어머니와 딸을 연결하는 이미지로 엮어내며 다정한 미래를 여는 환희의 순간을 맞게 된다. 세대는 긴 시간의 연결체이며 인간은 순간에 살면서도 항상 이어진 시간에 주목하며 살아간다. 여기 김수야가 물살에 비유한 다정한 시간의 흐름을 느껴보자.

물살이 물살을 타고 쉼 없이 흘러간다

제 살 깎아 공양하는 물길은 다정하지

초저녁
잠결 속에서
별을 따는 시간 여행

숨기고 싶은 허물 하늘 볼까 가부좌로

묵은 때 벗겨내듯 전잎 지운 꽃대궁에

언제쯤
꽃 피는 날이
다시 올까 궁금해
 -「시간」 전문

물살도 시간처럼 화자를 두고 흘러간다. "제 살 깎아 공양하
는 물길은 다정하지"라고 독백하는 화자의 마음도 한없이 다

정하다. 노자가 상선약수上善若水의 덕목을 통하여 인간과 세상의 관계와 입지를 설파하였듯이 위 작품에는 '시간'과 생명체의 관계를 자연스럽게 궁리하고 있다. 아마도 "꽃 피는 날"의 의미에는 돌아가신 어머니의 초상이 오롯하게 숨겨졌다고 볼 수도 있겠다. 그렇다면 돌아가신 어머니도 "언제쯤" 꽃이 피어나듯 "다시 올까 궁금해"하며 상상 속에 그려보는 여린 마음이 들어 있는 것이다. 과거의 기억은 달콤하며 아쉽고 그래서 현실은 씁쓸하지만 다가올 내일은 용기를 내어 살갑게 맞을 일이다. 그래서 '시간'은 속담처럼 '약'이 아닐까 되뇌어 보게 된다.

　　물살을 품었다가
　　감았다가 잃어버린

　　음절을 찾다 말고 돌아서는 시인은

　　듬직한 섬돌 가슴에
　　종장을 쓰고 있다
　　 –「징검다리」 전문

　다시 물살이 등장한다. 시제인 '징검다리'는 물 가운데 앉아서 흘러가는 "물살을 품었다가/ 감았다가" 하며 시인의 마음처럼 "음절을 찾"고 있다. 그러나 주인공은 '징검다리'가 아니라 '시인'과 동격인 흐르는 '물살'이다. 마치 시인이 과거를 회상하며 추억을 붙잡아다가 한 편의 시를 쓰듯, 흘러내려 오는 다양한 소식을 듣고 물살은 "듬직한 섬돌 가슴에" 시간이 실어다 주는 협주곡 같은 시조 한 수를 쓰고 있다. 시조시인이 늘 그렇듯 마지막 "종장"은 선뜻 다가오지 않고 망설이다가 절정의 순간을 낚아채서 마무리를 해야 하는 것처럼 사유를 "품었다가/ 감았다가" 하며 주저하고 있는 모습에서 독자들은 시인의 깊이를 눈치챌 수 있게 된다. 흐르는 물살에는 마치 인간의 고통과 여한이 그대로 담겨 있는 듯한 정서가 서려 있으니 물살이 "섬돌 가슴에" 쓰고 있을 "종장"이 궁금하고도 대견하게 감지된다.

6. 나가면서

부모는 늘 갈 길을 서두르는데 자식은 바빠서 시간이 부족한 법이다. 아무리 천수를 다하고 망백에 세상을 뜨셨다 해도 마음 한가운데가 뻥 뚫리는 것은 자식의 마음이다. 허전한 마음을 추스르고 보면 자신도 고희 연치에 와 있는 것을 실감하게 된다. 김수야 시인은 어머니와 함께 두 권의 시조집을 10년이 넘도록 버무려낸 셈이다. 이별의 심사야 모두 다 표현하기 어렵다 해도 은근하고 살갑게 시조 삼 장으로 써 내려온 추억의 곳간에는 어머니의 유품들이 고스란히 쌓여 있을 것이다. 시간과 아픔을 함께 무쳐낸 감칠맛이 스민 작품들을 재삼 읽다 보면 시인도 덧나지 않게 상처를 추스르기를 기도하게 된다. 부모를 보내는 일은 당연지사라 생각하고 이제 한참 더 살아가야 할 시조의 내일을 생각하길 당부한다. 또한 시인이 사물과 생명체의 순환에 주목하며 '엉겅퀴'나 '씀바귀'의 생장과 특장된 이미지를 삶의 변주에 견주어 시조 작품에 투사한 적공은 대견하고 신뢰가 가는 부분이라고 할 수 있다. 그래서 더욱 인간의 이별과 생명의 변화를 깊은 가슴에서 삭히고 뜸 들여서 한층 더 승화한 작품으로 발현해 내기를 희망한다. 마지막으로 아직도 단정하게 여미기 힘든 시인의 마음 한 자락이 깃든 작품을 새겨보며 글을 맺는다.

　　삶의 행간 뒤척이며 어디쯤 닿았을까요

　　말들을 퍼 날라도 메아리만 돌아오고

　　두고 간 정다운 말씀 꿈결마다 들려요
　　 ─「눈물꽃」둘째 수

어스름이 먹을 갈 때

—

초판 1쇄 2025년 3월 10일
지은이 김수야
펴낸이 김영재
펴낸곳 책만드는집

—

주소 서울 마포구 양화로3길 99, 4층 (04022)
전화 3142-1585·6
팩스 336-8908
전자우편 chaekjip@naver.com
출판등록 1994년 1월 13일 제10-927호
ⓒ 김수야, 2025

—

* 본 시조집은 2024년 한국예술인복지재단 지원금으로 발간하였습니다.
   ∧∧/ 한국예술인복지재단

—

ISBN 978-89-7944-893-1 (04810)
ISBN 978-89-7944-354-7 (세트)